HÉSIODE ÉDITIONS

LAURE CONAN

L'Obscure souffrance

Hésiode éditions

© Hésiode éditions.

1 rue Honoré - 93500 Pantin.
ISBN 978-2-38512-085-6
Dépôt légal : Novembre 2022

Impression Books on Demand GmbH

In de Tarpen 42
22848 Norderstedt, Allemagne

L'Obscure souffrance

Quel étrange mois de mai ! Toujours de la pluie mêlée de neige ou une brume presque aussi froide, presque aussi triste. Cela m'affecte plus que de raison. Dans ce printemps sans éclat, sans verdure, sans poésie, sans vie, je vois si bien l'image de ma jeunesse.

Pauvre jeunesse ! Rien n'est triste comme le printemps, quand il ressemble si fort à l'automne. D'un jour à l'autre, je le sens plus douloureusement ; d'un jour à l'autre, j'ai moins de courage.

L'abattement n'allège rien. Il faut réagir contre l'ennui qui m'accable. Je le comprends et à défaut de conversations agréables, de voyages, d'amusements, d'occupations attachantes, je vais essayer du recueillement et de la plume pour me distraire.

Chaque jour, je considérerai avec calme mes devoirs, mes difficultés, mes sujets de souffrance. Je m'interrogerai sur mes sentiments, mes désirs et mes actes, non pour prendre de grandes résolutions que je ne tiendrais point, mais pour m'apaiser, pour voir clair en moi-même.

Déjà une partie de ma jeunesse est écoulée. Et ces années, d'ordinaire riantes et légères, m'ont laissé tant de rancœurs !

Ni la révolte, ni le dégoût n'adoucissent l'acuité de la souffrance, je le sais. Je voudrais me résigner. Mais accepter la vie qui m'attend est au-dessus de mes forces.

Affections, sympathies, joies, plaisirs, action, tout me manque pour être une créature active et vivante.

Je n'ai pas même l'illusion soutenante de me sentir nécessaire, et mon cœur oisif et désert se remplit de tristesses désespérées.

Si terne, si sombre qu'il soit, le printemps n'est jamais l'automne. Je le sens à la surabondance de vie qui m'accable. Chez les jeunes, d'ordinaire, cette sève ardente s'épanche en espoirs infinis, en mille songes charmants d'amour et de bonheur. Mais pour moi, c'est différent. Tout fermente au dedans ou se répand en flots de tristesse et de larmes.

Cette faiblesse m'humilie.

13 mai.

Sans doute, on ne doit pas souhaiter une jeunesse toujours heureuse, pas plus qu'un printemps toujours serein. Que deviendrions-nous, mon Dieu ! si les jours de pluie ne se mêlaient aux jours de soleil ? Tout périrait, tout se pétrifierait ou s'en irait en poussière. Et, dans l'ordre spirituel, ne serions-nous pas encore plus à plaindre si tout nous venait à souhait ? Comme le cœur s'enracinerait au plus épais de la terre ! Quelle furie de vivre ! Quel désespoir aux approches de la mort !

Ces idées me restent d'une maladie que je fis l'an passé. Je me souviens de l'horreur qui me pénétrait à la pensée de la tombe. Et dans mon angoisse, je me disais : « Si j'avais été heureuse, que serait-ce donc ? »

Dans notre condition mortelle, la douleur nous est nécessaire. C'est évident. Mais la joie l'est-elle moins ? À quoi servirait la pluie sans les chauds rayons du soleil ? Et que peut-on espérer d'une vie toute de tristesses ? Je me le demande souvent, trop souvent même. À quoi bon ? Ne faut-il pas me résigner à voir tout languir, tout dépérir dans mon âme. Dans l'ordre spirituel, comme dans l'ordre naturel, n'y a-t-il pas une atmosphère où rien ne vit, où toute flamme s'éteint ? Chose triste à penser. La flamme est si belle. Qui n'aime à la voir briller au foyer ?

15 mai.

Le foyer ! D'aussi loin que je me rappelle, je retrouve le même intérieur, froid et troublé, la même douloureuse vie de famille. J'en ai toujours souffert, mais il y a des peines qui vont s'aggravant. Oh ! quelle âcre et corrosive tristesse certaines larmes déposent au plus profond du cœur ! Quelle pénétrante, quelle dangereuse amertume elles répandent sur la vie entière ! On dit que le danger est partout. Soit. Mais les saines joies du cœur ne sont-elles pas un peu comme les feuilles qui purifient l'air de bien des poisons ? Au moins cela me paraît ainsi et je redoute l'avenir qui m'attend.

S'il est des douleurs qui fortifient l'âme, qui l'enrichissent, n'en est-il pas d'autres qui la flétrissent et la dessèchent ? Le vent et l'orage donnent aux plantes plus de force et de vie. Mais qui n'a vu de ces arbres dépouillés, déchiquetés, rongés jusqu'au faîte par les larves ? Douloureuse image qui m'a fait songer plus d'une fois. Pour peu qu'on s'observe, on sent si bien comme les chagrins misérables appauvrissent l'âme, la vulgarisent et la déflorent. C'est triste, mais c'est vrai.

16 mai.

Qui sait, peut-être n'est-ce vrai qu'autant qu'on souffre mal. Et si je suis aussi sensible à mes peines, est-ce bien parce que je les crois nuisibles à mon âme ? S'il y a du danger dans les rudes antipathies qui déchirent le cœur, dans les révoltes, les dégoûts de tous les instants, il y en a aussi dans les douceurs de la vie, il y en a surtout dans les transports, dans les enivrements du bonheur. Ceux-là les redouterais-je beaucoup ?… Me faudrait-il bien du temps pour m'y résigner ?… Oh ! qu'on est peu sincère, même avec soi-même.

Pourquoi ne pas me l'avouer ? Je voudrais aimer comme les autres adorent, et je n'espère pas aimer jamais personne ainsi. C'est là mon angoisse, ma plus cruelle souffrance – la souffrance où toutes les autres se perdent. Mais avoir d'autres dieux que Dieu ne serait-ce pas le malheur suprême ?

17 mai.

On assure que la patience et la volonté font des miracles. La vie de famille la plus amère pourrait donc s'adoucir. Chez n'importe qui, il y a du bon. Mais nous vivons inconnus les uns des autres. La vie intérieure est impénétrable.

Parfois, je songe que, si nous lisions dans les âmes, bien des paroles, bien des actes qui nous blessent cruellement, seraient fort atténués. La tyrannie de la passion, la souffrance, l'humeur, les travers d'esprit excusent probablement bien des torts. Heureux ceux qui ont la généreuse bonté, la largeur d'âme.

Mais les souffrances arides et continuelles gâtent le caractère. Les jours s'écoulent, nous laissant toujours plus ennuyés, plus irrités. Le cœur s'aigrit, se remplit de fiel. Le contact constant, les détails de la vie domestique, source de tant de plaisirs quand il y a de l'affection, deviennent un supplice.

On plaint les malheurs éclatants. On s'intéresse à ce qu'on appelle les grandes douleurs. Oh ! que les chagrins misérables me semblent plus difficiles à supporter. Les peines les plus cruelles sont celles dont on rougit, dont on n'oserait pas parler. Mais si la charité oblige envers tous, combien plus envers les siens.

Il faudrait savoir s'aveugler, le cœur devrait incliner l'esprit à l'indulgence. Dans l'alcoolisme, il faudrait voir surtout la détresse suprême de l'âme.

18 mai.

Brouillard glacé au-dehors ; au dedans, dégoût profond, ennui rongeur, larmes amères. « Laissez pleurer ceux qui n'ont pas de printemps. »

J'envie ceux dont l'esprit est fortement occupé, ceux qui ont les plaisirs de l'intelligence. Ne serait-ce pas parce que l'éveil de la pensée m'a laissé un souvenir plein de charme ?

J'étais encore bien petite, mais je savais lire. Les lectures graduées ne devaient pas être en vogue chez nous, car, après l'A. B. C., on me mit en main Le nouveau traité des devoirs du chrétien. Fière de mon gros livre, je l'ouvris et je lus : « Qui suis-je ?... d'où viens-je ?... où vais-je ?... » Ces mots me saisirent. Mon âme qui s'ignorait eut la soudaine perception de l'invisible, de l'au-delà et, la classe finie, j'allai seule m'asseoir au bord de la rivière pour penser à l'aise. J'y restai longtemps toute prise par le problème de mon existence, et le travail de ma pensée enfantine autour des mots « qui suis-je ? d'où viens-je ? où vais-je ? » me fut une jouissance étrange. Je me sentais sur un océan de mystère. Et n'est-ce pas un peu cela ?

19 mai.

Si je pouvais me réfugier dans un travail absorbant. Une application quelconque de l'esprit me serait une distraction salutaire. Mais non. Il faut être aux misérables tâches quotidiennes qui me répugnent jusqu'à la nausée. D'ailleurs, tant d'autres n'ont pas un sort plus beau. Je pense souvent à Mme Carlyle. Traitée en esclave par son célèbre mari, assujettie des années durant aux plus grossiers travaux, elle disait : « Ce n'est pas la grandeur ou la petitesse de l'œuvre accomplie qui en fait la vulgarité ou la noblesse, mais l'esprit dans lequel on l'accomplit. Je n'imagine pas comment des êtres doués de quelque valeur peuvent éviter de devenir fous dans un monde comme le nôtre s'ils ne comprennent pas cela. »

N'est-ce pas ce qu'entendait Emerson, quand il écrivait à l'une de ses amies : « Attelez votre charrette à une étoile ! »

20 mai.

La biographie de Mme Carlyle que je viens de finir me fait songer. Elle était protestante ; elle n'avait donc qu'un christianisme bien amoindri. Cependant elle s'est immolée jusqu'à la fin, sans que son illustre mari s'avisât de s'en apercevoir.

Remplir parfaitement ses devoirs les rend peut-être plus doux. Serais-je aussi malheureuse, si je n'avais rien à me reprocher, si j'avais le beau don de m'oublier ?

Dans la famille, supporter ne suffit pas. Ai-je eu la tendre indulgence, les soins attentifs, caressants ? Ai-je fait mon devoir avec une abnégation véritable ?... Les résolutions ne serviraient pas à grand'chose. Je reste où je dois être, mais ballottée par mes impressions comme une bouée au milieu des flots.

23 mai.

Comment s'habituer à jeûner de toute sympathie, de toute joie ? On dit que la vie passe vite, si vite que ses joies ne valent pas la peine d'être désirées. Est-ce vrai ?... Au premier coup d'œil, il semble qu'il suffit d'un peu de foi et de raison pour n'en pas douter. Mais c'est le contraire. Du moins, j'ai beau faire, je ne puis m'amener à ces austères dédains.

Faut-il mépriser tout ce qui ne dure pas éternellement ? Ni la verdure, ni les fleurs ne durent toujours. Cependant, qu'elles sont belles et, sans elles, que la terre serait triste, qu'elle serait laide !

26 mai.

Oui, la verdure est belle et enfin voici le printemps sérieusement à l'œuvre. On sent circuler la vie fraîche, puissante, exubérante.

En levant les branches d'épinette posées sur le parterre l'automne dernier, j'ai trouvé des pensées épanouies. Le cœur m'a battu de plaisir. Comment ont-elles fleuri dans la froidure, sans soleil ?… Où ont-elles pris leur velours brun-doré et leur parfum ? Mystère charmant ! Vie et jeunesse de la vieille terre maternelle !

29 mai.

J'ouvre ma fenêtre dès le matin. J'aime ce soleil éclatant, cet air tiède, chargé des senteurs nouvelles, et je voudrais n'avoir rien à faire qu'à regarder verdir, qu'à regarder fleurir, qu'à écouter ces bruits agrestes et charmants.

2 juin.

L'humeur noire que j'avais dans le cœur s'en va. À vrai dire ma tristesse n'est plus qu'une brume légère, transpercée de soleil. J'ai bien les mêmes ennuis, mais au dehors tout est si vivant, si beau, si lumineux, que le froid et le terne du dedans s'oublient et l'on trouve du plaisir à se sentir vivre.

4 juin.

Je suis avec charme le travail du printemps. Qu'est-ce que la sève ? Merveilleuse ouvrière, celle-là ! Si invisible et silencieuse, mais si vive, si active ! Elle a déjà paré la terre, ressuscité les arbres. Les branches dépouillées se chargent de bourgeons, les peupliers, les aulnes, les pommiers sont en fleurs. Ô vie cachée !… Quelle force, quelle beauté il y a là !

Souvent, je m'arrête à y songer. J'y trouve un encouragement à l'espérance. Si l'on pouvait voir les merveilles de la vie spirituelle…

Chez la créature la plus faible, la plus abrutie, il y a un principe de relèvement, il y a du divin, et nul renoncement, nul effort charitable n'est perdu.

Nos paroles, nos prières tombent comme mortes, restent longtemps ensevelies sous les glaces et les fanges. Mais qui sait ? Un jour viendra peut-être la germination mystérieuse… le printemps sacré.

9 juin.

Je lis chaque jour un chapitre de l'Imitation. Cela me fait prendre la résolution de bien agir et de bien souffrir. Soyons ce que nous devons être et laissons à Dieu le reste.

Toute position que nous n'avons pas choisie est bonne, puisque c'est Dieu qui nous y a mis. La foi nous l'assure. Elle nous montre l'amour divin brûlant dans les épines qui nous déchirent. Pourquoi se plaindre ? Nul ne sait ce qui lui convient. Il y a des fleurs qui s'épanouissent mieux à l'ombre qu'au soleil, d'autres vivent entre les rochers, qui mourraient dans la mousse, et le beau nénuphar, qui périt dans les jardins, s'élève blanc et parfumé au-dessus de la vase et des eaux mortes.

12 juin.

Journée belle au dehors, mais bien triste au dedans.

Je lisais, tout à l'heure, que dans les forêts des tropiques, où le danger est partout, rien n'exerce si terriblement le courage que la piqûre des insectes. Ne pourrait-on pas en dire autant de la vie et de ces cuisants chagrins domestiques qui, à force de se renouveler, deviennent de véritables tourments et jettent dans le désespoir ? De même, qu'est-ce qui fait une vie douce ? Un grand succès ?… Quelque bonheur éclatant ?… Il me semble que c'est bien plutôt la multitude des petits bonheurs. Et si j'avais été consultée, j'aurais pris pour ma part les doux contentements, les humbles joies de chaque jour qui sont à la vie ce que l'herbe est à la terre, la belle herbe ! si aimable avec ses faibles parfums et ses douces petites fleurs.

17 juin.

AIMEZ-VOUS les uns les autres, a dit le divin Maître.

Ô Seigneur Jésus, que fais-je de votre divin précepte ? Quel sens donné-je aux béatitudes ? Je sais que la vie est une épreuve, un combat. Pour moi, le champ de bataille, c'est le foyer. En est-il un plus rude ?

Mais le devoir est ici. C'est ici que je dois souffrir, que je dois m'immoler, que je dois vaincre. Et j'ai grand sujet de m'humilier. Un cœur noble aime ce qu'il doit aimer et donne une beauté auguste à tous ses devoirs. Si je ne puis m'élever jusque-là, il faut au moins m'attacher aveuglément à mes obligations les plus pénibles. Il faut triompher de mes dégoûts et compter pour rien mes sensibilités, mes désirs, mes souffrances.

18 juin.

Il me faudrait la piété, âme de la vie, source toujours jaillissante où l'on puise la force, la résignation, la patience. Mais la piété est un don du Saint-Esprit. Et les froides pratiques me répugnent si fort.

20 juin.

Pourquoi l'existence m'a-t-elle été imposée ?... Cette folle pensée me revient souvent, et, chose singulière, quand je m'y arrête, je revois toujours ma salle d'école aux heures de catéchisme. Pour moi, alors, dans l'air épais de la classe, quelque chose de solennel, de mystérieux, flottait. Et j'entends encore les petites voix qui disaient : « Dieu m'a créée et mise au monde pour le connaître, pour l'aimer, pour le servir et acquérir par ce moyen la vie éternelle. »

Mon Dieu, que je garde bien vive, bien intacte, la foi de mon baptême, que ce levain sacré me pénètre toute ! Je regrette les amères pensées où je m'empêtre bien souvent. Se trouver mal placée, mal partagée, n'est-ce pas vous dire : « Je sais mieux que vous ce qui me convient. »

21 juin.

Il est des libertés que Dieu permet. Le plus aimable, le plus tendre des pères ne s'offense pas quand son enfant, trouvant la soumission trop difficile, se jette dans ses bras et lui crie : « Mon Père ! »

J'aime cette pensée qui me rappelle un souvenir de joie et de lumière.

Un jour du mois de mars dernier, malgré un temps affreux, j'étais allée de bonne heure à la messe. Le cœur plein de tristesse et d'âcreté, je m'en revenais, et le dégoût de la vie s'augmentait de la révolte contre Dieu dans mon âme. J'étais horriblement tentée de blasphémer.

Mais sur cette triste pente, je m'arrêtai tout à coup, saisie d'un sentiment involontaire de respect et de crainte. Je ne sais quoi de doux et d'ardent coula à travers mon cœur et me fit crier à Dieu : « Mon Père ! mon Père ! » Parole puissante qui fondit à l'instant tout ce que la souffrance avait amassé de froideurs et de défiance.

Je pleurai longtemps, mais humblement, tendrement, comme on ferait dans les bras d'un père adoré contre lequel on aurait follement nourri bien des ressentiments, et qui, loin de s'indigner des colères et des reproches, les fondrait en regrets et en amour dans le plus étroit et le plus délicieux embrassement.

Oh ! que les troubles, que les défiances étaient loin ! Je restai plusieurs jours avec ce sentiment de soumission si profond et si tendre ; et j'en garde le souvenir, pour ma confusion peut-être, car je vais encore bien près du découragement et du murmure.

La nature répugne si invinciblement à la souffrance. C'est un feu que la passion du bonheur, un feu étrange qui s'attise surtout de toutes les souffrances, de toutes les douleurs.

24 juin.

Je me sens plus seule qu'au fond d'un désert. Comment s'habituer à la privation de tout ce qui fait l'intérêt, la douceur et le charme de la vie ?

On peut toujours ce qu'on doit, donc je puis me résigner. Oui, mon âme, il faut accepter la réalité ! Il faut recommencer sans cesse la lutte pénible et stérile, sans rien de ce qui excite l'ardeur du combat, sans rien de cette noble joie qu'on ressent en son cœur quand on s'est vaincu soi-même. Et quoi d'étonnant ! Le refoulement de tout ce qui, en nous, appela la vie, la joie, la paix, la beauté, est-ce une lutte ?

26 juin.

Une maison tranquille et douce… L'activité généreuse dépensée pour des êtres aimés… Deux grands biens que je préférerais aux dons les plus merveilleux de l'existence. Il faut peu pour le plus saint bonheur.

Oh ! les douceurs de la sympathie profonde… de la parfaite intimité… Mais combien traversent la vie sans en goûter ? La solitude de l'esprit et du cœur me semble la souveraine épreuve. Texte en italique

D'où viennent les mésintelligences foncières, le divorce secret des âmes ? Et si cette souffrance est amère dans les rapports de famille, qu'est-ce donc dans le mariage, alors qu'on est attaché l'un à l'autre sans séparation humaine possible !

27 juin.

Quand je regarde dans mon cœur, j'y retrouve bien des sentiments qui m'inquiètent, qui m'humilient. Et c'est dans l'ordre. Un arbre creux n'est-il pas toujours habité par de vils insectes qui dévorent sa sève ?

28 juin.

Oh ! la souffrance des facultés sans objets… les ravages de l'activité inassouvie !

Mon Dieu ! que je ne souffre pas inutilement ! Voilà une prière qui jaillit souvent de mon cœur quand je me sens triste. Malgré moi, je pleure sur moi-même. Et je sens que ces larmes ne valent rien.

Ô larmes de ceux qui ont noblement lutté, noblement souffert, larmes du soldat vainqueur ou vaincu, larmes sacrées, larmes bénies qui fécondez la vie, ceux-là ne vous connaîtront jamais qui n'ont rien à faire !

29 juin.

Rien à faire… Je regrette cette parole. Nous avons tous une œuvre très précise à faire : être pour les autres ce que nous voudrions qu'ils fussent pour nous.

Oui, quoi qu'ils aient à souffrir d'ailleurs, ceux-là sont les heureux dont un sentiment puissant remplit le cœur. Mais ce sentiment où le trouver sur terre ?

Que de foyers d'où l'amour est absent ! Combien sont unis par le sang sans l'être par le cœur. Que d'isolés même dans le mariage. J'incline à croire qu'une grande affection est l'une des raretés de ce monde. Comment donc se flatter de l'avoir jamais ?

Mais aussi, comment se contenter d'un sentiment sans élévation, sans profondeur, sans charme ?

Il est clair que beaucoup s'en contentent. Serait-ce donc un tort d'avoir le cœur difficile ? On a l'air d'en juger ainsi, mais il me semble, à moi, que c'est plutôt un malheur.

Je sais que, d'après quelques-uns, une disposition de ce genre annonce souvent de l'élévation. Est-ce vrai ? Ce qui est sûr, c'est que sur la terre, les grandes ailes sont parfois un empêchement, et l'oiseau le plus puissant au vol, celui qui trouve le calme par-dessus la région des tempêtes et des orages, périt souvent misérablement, parce que pour s'enlever il lui faut beaucoup de vent ou un endroit élevé.

13 juillet.

Ces derniers jours ont été calmes. Aujourd'hui, avec Oso pour compagnon, j'ai fait à travers les champs une promenade enchantée. Je ne sentais plus le poids de mes chaînes. J'avais l'illusion de la liberté. Mais il a fallu rentrer et… une noire tristesse m'a envahie. Jamais la réalité ne m'est apparue si laide, si abjecte. Toute mon âme s'est révoltée contre le devoir. Ô cette vie effrayante du cœur et de la pensée !

14 juillet.

Il y a des excès de sensibilité que la raison réprouve sévèrement. Mais ces soudaines rébellions du cœur avide, ces emportements insensés vers le bonheur, comment s'en garder ?

Il faut prier, prier, prier et espérer. Il y a des moments où la prière n'agit plus sur moi, son impuissance me jette parfois dans le doute. Je souffre tant que ma foi s'ébranle. Mais Dieu ne me refusera pas sa grâce, quand elle m'est le plus nécessaire.

16 juillet.

« Dieu, parce qu'il est la plénitude de la perfection, admire le moindre des efforts de sa pauvre petite créature. » J'aime cette pensée. Et n'est-ce pas une chose singulière que des paroles qu'on a entendues toute la vie nous touchent à certains moments ?

Ce matin, j'assistais à la messe, et hélas ! j'étais bien loin, quand le sursum corda a frappé mon oreille. J'en ai ressenti une émotion profonde, un ébranlement puissant et délicieux.

Quel phénomène que ce désir de s'arrêter à la terre qui croule en poussière. Quoi ! ne saurait-on accepter la vie telle qu'elle est ? Ne saurait-on s'aider de sa raison et de sa foi ? Voici la plus belle partie de ma jeunesse écoulée, oui, écoulée à jamais. Qu'en ai-je fait ? Cette forte et généreuse sève du printemps, à quoi m'a-t-elle servi, sinon à nourrir ce qui est déjà mort ou ce qui devrait l'être ?

Je pense à cela souvent et je voudrais un peu de courage. On n'appauvrit pas un arbre en enlevant ses feuilles flétries, en retranchant ses branches folles.

Au contraire, ceux qui cultivent les plantes savent comme on les affaiblit en laissant la sève se consumer inutilement. Et ceux qui cultivent les âmes, que ne savent-ils pas ? Qui peut dire jusqu'à quel point on se débilite dans les vains espoirs et les vains regrets ?

17 juillet.

Je lis les actes des martyrs de Lyon sous Marc-Aurèle. Comme les chrétiens savaient alors souffrir ! La persécution couvrit d'une gloire immortelle la naissante Église des Gaules. Et n'est-ce pas étrange ? D'après les fidèles comme d'après les païens, entre tant de martyrs, Blandine – une fillette – fut la plus héroïque. Elle l'emporta même sur son illustre évêque saint Pothin.

Son souvenir me suit. Il me semble qu'en cette esclave, le Christ a voulu couronner l'humble souffrance humaine.

Elle avait quatorze ans, elle était si frêle, si timide, qu'on avait cru qu'elle n'oserait jamais confesser sa foi et, durant de longs jours, elle lassa la cruauté de tous les bourreaux. Le Je suis chrétienne qu'elle répétait dans les supplices semblait la rendre immortelle. Calme et sereine, elle encourageait ses compagnons. Plusieurs qui avaient eu le malheur d'apostasier, ranimés par son exemple, se rétractèrent et moururent pour le Christ.

Restée la dernière, Blandine apparut seule dans l'amphithéâtre. Les païens ne pouvaient s'expliquer que la vie restât dans un corps tant de fois disloqué, broyé, déchiré. De nouveau, on la flagelle cruellement, on l'expose aux bêtes, on l'assied sur la chaise ardente.

La sublime enfant, rayonnante de joie, semblait voir Celui pour qui elle souffrait. Oh ! la splendeur de cette mort.

Un mot du Père Faber me revient. Après bien des reproches à ceux qu'on peut appeler les bons catholiques, il disait : « Et pourtant, la persécution advenant, parmi eux, que de martyrs ! »

Divin Sauveur, est-ce vrai ? Moi, si chétive, si plaignarde, saurais-je pour vous me livrer aux tourments ?

27 juillet.

Hier, je sarclais mon jardinet quand un soyeux froufrou me fit lever la tête. Mlle R… était devant moi. – Restons ici, me dit-elle, pour causer, nous serons plus à l'aise.

Nous nous assîmes sous le saule, et, après quelques paroles obligeantes, elle me demanda avec un singulier accent si je la croyais heureuse.

Je répondis qu'elle me semblait avoir une belle et joyeuse jeunesse.

Une ombre passa sur son frais visage.

– C'est vrai, dit-elle, mais voilà le hic… la jeunesse passe vite et c'est si triste !

– Hé quoi ! lui dis-je, étonnée, vous songez à cela. Je vous aurais crue occupée d'autres pensées.

– Oui… mais ces autres pensées sont aussi fort graves. Mon mariage est fixé. J'ai voulu vous l'annoncer moi-même, et je ne vous cacherai point que je fais un mariage de raison.

Je ne sus pas dissimuler, car elle reprit, répondant à ma pensée : Que voulez-vous ?… Il est si difficile d'aimer comme on le voudrait… comme il le faudrait, pour être heureuse. Croyez-vous qu'il y ait sur terre bien des fiancées contentes de leur amour ?

– Beaucoup ne peuvent choisir, mais vous… recherchée comme vous l'êtes…

– À quoi ça sert-il ? Certes, j'aurais voulu aimer de tout mon cœur. Mais à mes amoureux comme aux amoureux des autres, il manque tant. Et à moi-même aussi… Si je pouvais lire dans les cœurs, ne serais-je pas bien humiliée ? Faut-il vous dire que je ne suis pas sans savoir que ma fortune a de vifs attraits ?

Quelques années de vie mondaine lui ont donné une triste clairvoyance de bien des choses. Elle me parla avec une confiance qui me surprit et me fit un amusant récit de ses emballements, de ses désillusions.

— Je crois, finit-elle par dire, que je m'entendrai bien avec mon futur mari. Il a du sens, de l'honneur, je l'estime… Ah ! j'aurais bien préféré l'aimer. Mais une sympathie profonde est chose si rare. D'après maman, il faut savoir s'accommoder du réel, du convenable. Elle assure que ceux qui cherchent le bonheur en ce monde n'y trouvent que le regret d'avoir perdu leur temps.

Comme je restais silencieuse, elle reprit : Vous êtes-vous jamais demandé ce que les femmes mariées pensent de leur sort ? Si on le pouvait savoir, on verrait, je crois, que rien n'y a répondu à leurs désirs.

Cela me rappela la parole de Shakespeare : « Elle est encore à naître la femme qui a trouvé autant de bonheur dans l'amour triomphant que dans l'amour suppliant. »

— Une masse de convenances nous entraînent, poursuivit Mlle R… et nous allons à notre tâche. Croyez-vous qu'il y ait chez nous un grand fonds d'idées exaltées ?

— Quant aux sentiments, oui, lui dis-je.

— Pauvre nous ! fit-elle, avec son joli rire. La réalité est si pauvre. Autant vaut peut-être un mariage de convenance. Du moins je n'aurai pas les cruels mécomptes des grandes amoureuses. Et, qui sait ? Si j'avais lu moins de romans, peut-être que je me trouverais heureuse, dit-elle, se levant pour partir.

Cette conversation m'a fait réfléchir. Je rangeais Hermine R… parmi les privilégiées et, maintenant, je ne puis m'empêcher de la plaindre un peu. J'ai tort peut-être.

Elle aura une large existence, la considération qui s'attache à la fortune. Elle sera parmi les plus dignes, les plus honorées. Le bonheur, c'est de manger son pain vis-à-vis de quelqu'un qu'on aime plus que soi-même.

Mais on ne peut tout avoir.

30 juillet.

Avec tant d'avantages et des relations si étendues, Mlle R… est réduite à faire un mariage de convenance. C'est une grande preuve qu'il n'est pas facile de rencontrer l'âme avec laquelle on voudrait faire le voyage de la vie. Mais pourquoi ne me dirais-je pas quelles qualités je désirerais chez mon mari ? Cela ne coûte qu'un peu de réflexion.

Je voudrais que mon mari ne fût en aucune façon au-dessous de la dignité de chef de la famille. Je voudrais qu'il eût de la raison, non seulement dans l'esprit mais dans le caractère. Je voudrais qu'il eût de la volonté, non cette vulgaire volonté qui fait tout sacrifier au désir de s'enrichir, de s'élever, mais cette volonté qui fait qu'un homme marche droit, malgré les difficultés, les tentations.

Je voudrais qu'il connût de science certaine tous ses devoirs : envers Dieu, envers la patrie, envers la famille. Je voudrais qu'il eût un profond sentiment de l'honneur, un patriotisme éclairé, qui le mît au-dessus des entraînements et des niaiseries de l'esprit de parti. Je voudrais que son cœur donnât une beauté sans pareille à tout ce qu'il doit aimer, sans en excepter sa femme.

Je voudrais qu'il comprît que la loyauté, la foi jurée, lui défend de me faire ce qu'il ne voudrait pas que je lui fisse. Je voudrais qu'il n'oubliât jamais qu'un homme doit savoir se contraindre dans l'intimité. L'incivilité, produit de plusieurs vices, est un défaut toujours visible. Je voudrais qu'il ne fût pas de ceux qui croient être raisonnables en ne pensant qu'aux choses de la terre. Je voudrais qu'il eût des ailes pour m'emporter dans les cieux… Rien que cela.

Et peu me soucierais de vivre dans une masure réchauffée par un petit feu, de n'avoir que du pain fait d'une farine mal blutée. Je me sentirais plus fière qu'une reine en étant sa servante.

6 août.

L'existence effacée, la vie morte, me fait horreur. Et sottement, je me berce de rêves d'action, de bienfaisance. Rêves imbéciles ! Utile ? Il faut l'être, non comme on le voudrait, mais comme on le peut. Il n'y a pas d'être humain qui n'ait rien à faire, rien à donner. Faire le bien qui me plairait, beau mérite !

Qu'importe à moi et aux autres l'éclat de mes œuvres ? La volonté de Dieu fait tout le prix de nos actes. Dans les contraintes de ma vie obscure, abaissée, exercée, harcelée, je puis être plus utile au monde que la pluie, le soleil et la rosée. Laissons à d'autres la passion de l'action bienfaisante.

Saint François de Sales disait à ses pénitents : « Ne semez pas vos désirs sur le jardin d'autrui, cultivez seulement bien le vôtre. »

Voilà ce qu'il faudrait faire, même quand on se croit condamnée à pétrir la boue, à ne voir jamais que de la terre aride.

Suis-je des plus malheureuses ?… Je vais m'endormir sans faim, sans douleurs aiguës. Combien languissent, dévorées par la souffrance ! Combien vont mourir cette nuit ! Mourir !… Pourquoi cette pensée m'attriste-t-elle ? Qu'est-ce que j'attends sur la terre ? Des jours semblables à ceux que j'y ai passés. Cela rend-il le détachement bien difficile ?

Et quand j'aurais comme d'autres de petits succès, de petits plaisirs, de petites joies ? « L'âme humaine ne peut être heureuse que par transport. » J'aime cette parole de Bossuet. Je la sens profondément vraie.

Je veux songer à ce qu'éprouve une créature humaine quand, au sortir des ombres de la terre, la beauté de Dieu lui apparaît.

7 août.

Un transport qui ne s'affaiblira jamais – un ravissement éternel d'amour – quel mystère pour nous, pauvres humains ? Qu'un bonheur complet, inépuisable, nous est donc incompréhensible !

Et pourtant c'est de foi : un bonheur infini nous est destiné. Cet horizon céleste ne devrait-il pas projeter une lumière, une splendeur sur le vilain petit sentier que j'ai devant moi ?

Peut-on trouver rude, peut-on trouver laide, la route qui mène à la joie, à l'amour sans bornes ?

Pour aller au pauvre bonheur humain, me faudrait-il un beau chemin, tantôt ombragé, tantôt ensoleillé, et toujours sans boue, sans cailloux, sans ornière ?

9 août.

J'envie les grands théologiens, tous ceux qui se vouent à l'étude et à l'espoir des choses éternelles.

Sur la béatitude céleste, la lumière nous manque bien, mais ne savons-nous pas à peu près ce qui nous attend ici-bas ?

D'abord, il faut vieillir, et c'est bien amer. Si décolorée, si difficile que soit ma vie, avec quelle tristesse je vois maintenant fuir les années. Quels regrets infinis quand le glas de ma jeunesse sonnera, quand il faudra l'ensevelir.

C'est que je pense, c'est que je sens, comme si ce monde était la scène éternelle.

Ah ! notre incurable imbécillité !

17 août.

Agréable soirée chez Mme R... et j'ai pu y aller, ce qui est rare. Il y a quelques années, je m'y serais, je crois, franchement amusée. Maintenant, je n'en suis plus capable. Dans un salon, je me trouve dépaysée. Je sens que je n'ai pas la mentalité des autres. L'habitude du repliement sur soi-même prépare mal aux conversations légères. Je l'ai bien éprouvé ! Et ce n'est pas sans quelque dépit que je songe après coup à ce que j'aurais pu dire d'aimable et de piquant.

20 août.

Dans les sermons de Bossuet, je viens de lire : « La plus folle des folies, c'est de ne pas aimer Dieu. »

J'en suis profondément convaincue. Mais, excepté aux jours les plus vifs de croyance et de grâce, l'amour de Dieu me laisse insensible.

C'est que j'ai l'âme enténébrée. Mais, quand l'enveloppe de chair tombera, quand j'entrerai dans la lumière ? « Ô cœur humain, si tu savais ! » dit Bossuet.

2 septembre.

Sur la terre, ils sont rares ceux qui connaissent les grandes joies. Et que durent-elles ? Où est l'amour qui contente le cœur, l'amour qui jamais ne s'altère, qui jamais ne se fane ? Ai-je tort ? Il me semble que les deuils, les déchirantes séparations ne sont pas la pire souffrance des cœurs aimants. Ce qu'il y a de petit, de faible, de pauvre, de court dans les meilleures affections me semble plus difficile à supporter.

8 septembre.

Journée très fraîche. La maison est à peu près vide, je suis presque maîtresse et j'en profite pour me donner le plaisir d'un grand feu dans la vieille cheminée.

Pourquoi une flambée dans l'âtre m'est-elle si agréable à voir ? Pourquoi me tient-elle si bien compagnie ? C'est peut-être qu'elle réveille en moi l'âme ancestrale.

On a été longtemps sans poêles chez nous. Cette cheminée si large remonte à près de deux cents ans. Entre ces pierres solides, des milliers d'arbres sont devenus cendre. Que ces belles flammes ont éclairé de labeurs, de deuils, de souffrances et aussi de sourires, d'humbles et saines joies ! J'aimerais savoir à quoi songeaient mes ancêtres quand ils se reposaient à ce foyer. À travers les soucis, les calculs, les trivialités de la vie, il me semble que je découvrirais la foi profonde, les secrètes poésies du cœur.

On dit que nos morts nous entourent, qu'ils sont des invisibles, non des absents. Si c'était vrai, quelle nombreuse famille j'aurais autour de moi !

Mais je suis bien sûre d'une chose : ma pauvre mère ne m'a pas abandonnée. Dans cette maison, où elle a tant souffert, où elle a tant pleuré, aux heures les plus cruelles j'ai cru parfois sentir son invisible présence. Un jour que mon père m'avait brutalisée, parce que je m'attachais à lui pour l'empêcher de boire, et que j'éprouvais un besoin enfantin d'être embrassée, d'être consolée, il me semble qu'une pitié, qu'une tendresse m'enveloppait toute. Avec quel abandon je pleurai ! Comme je me sentis fortifiée et comment en suis-je venue à écrire ceci ? Quand j'ai commencé mon cahier, j'avais si grand soin de tout gazer.

15 septembre.

Chaque vie est nécessaire. Une action personnelle, essentielle, est dévolue aux moindres d'entre nous. Quoi qu'il nous en semble, c'est la vérité. Se croire inutile, c'est une grande et fatale erreur.

Il n'y a rien à négliger dans notre vie. Dans le monde moral, comme dans le monde physique, rien ne se perd. Tous nos actes ont, paraît-il, des conséquences profondes. Et pourquoi pas ? Est-ce qu'on ne reste pas confondu quand on réfléchit à la puissance des infiniment petits dans la nature ?

Mais nous avons tous le culte du prestige, de la fumée et du bruit.

21 septembre.

Je n'attends rien de l'avenir. Mais la jeunesse ne se supprime qu'imparfaitement, et la sensibilité concentrée et dormante a d'étranges réveils.

Ce besoin qu'ont tous les êtres jeunes de se reprendre au bonheur vit encore en mon âme comme un espoir. Je sens que j'ai en moi une immense puissance d'être heureuse, et, l'esprit rempli d'espérances imprécises, je m'arrache à l'abjecte réalité, je me réfugie dans le rêve, je me compose une vie à mon goût, et si haute, si belle, si douce !

Ce n'est pas sage, je le sais. Mais mieux vaut se servir de l'imagination pour endormir le sentiment de ses maux que pour l'aviver.

Et d'ailleurs qui de nous ne se crée pas des bonheurs imaginaires ? Les plus heureux aiment à s'enlever à la réalité, à se consoler de tout ce qui leur manque en caressant les vains espoirs. « Comme le globe terrestre est enveloppé par l'océan, ainsi la vie humaine est entourée de songes », a dit un poète russe. Et ce poète a dit vrai.

Mais quand je pourrais remplir mon existence des plus fabuleux enchantements, quand les plus beaux rêves jamais conçus par une créature mortelle se changeraient pour moi en réalité, je sais que ce bonheur ne me suffirait pas, que je m'en lasserais, que je garderais en moi un abîme d'avidité. Je le sais, je le sens, et la seule pensée d'une joie vive me séduit. Je me perds dans je ne sais quoi d'enchanté. Oh ! l'éternelle folie humaine !

27 septembre.

Sursauts de rébellion, réveils de l'égoïsme toujours vivant. Qu'il est dur de se vaincre, non pas une fois, mais tous les jours, à toute heure !

N'avoir plus de toit, être assailli par l'orage, le vent, la pluie, la neige, me serait plus supportable, que ce combat continuel contre moi-même.

Et souvent, ces violents ressentiments s'élèvent sans que je sache trop pourquoi. Un mot, un souvenir, et les vipères assoupies se réveillent et mon cœur se gonfle de venin.

Il faut porter cette honte et tâcher de me voir telle que je suis, pétrie de lâcheté, d'égoïsme et d'orgueil.

Comme on s'abuse, comme on s'aveugle ! Oh ! l'abnégation qui s'ignore, la vérité, la sincérité de la vie !

2 octobre.

Dans notre condition présente, vivre c'est croire, c'est espérer, c'est aimer, c'est s'immoler. Mon Dieu, que je ne meure pas avant d'avoir vécu ! Seigneur Jésus, ayez pitié de la faiblesse de ma foi. Laissez-moi mes souvenirs de lumière et de grâce. Ô divin Maître, que votre volonté m'est amère !

15 octobre.

Avoir pitié… que c'est juste, que c'est dans l'ordre, quand on est une pauvre créature humaine ! Sais-je ce que c'est que la force de la passion, que la force de l'habitude qui crée la nécessité ? Ai-je jamais senti cette soif d'enfer qui consume l'alcoolique et lui fait sacrifier sa raison, sa santé, son honneur, sa vie ?

Tout comprendre serait peut-être tout excuser, tout pardonner.

Ah ! le travail divin de la charité ! Plaindre ne suffit pas, il faut aimer.

16 octobre.

La soirée d'hier m'a laissé un bon souvenir. Comme je lisais à mon père les débats de la chambre, il sortit tout-à-coup de son apathie et dit amèrement : « Il n'y a plus d'esprit national,… rien que de l'esprit de parti,… rien que l'intérêt personnel. »

La lecture finie, il arpenta la salle ; puis se rapprochant, il me dit en rougissant un peu : « Je suis ce que je suis, mais, crois-moi, j'aime encore mon pays. »

Je fus surprise, je fus émue et, lui sautant au cou, je l'embrassai. Tous ses traits frémirent et il sortit, peut-être pour me cacher ses larmes. Il revint bientôt, s'assit près de moi et me parla des jours d'autrefois, de nos anciens députés qui ne recevaient pas d'indemnité et se passaient les statuts qu'ils avaient copiés pour se renseigner sur les us et coutumes parlementaires.

Ces faits m'étaient connus. Quelques semaines avant sa mort, ma mère me donna le statut transcrit par son grand-père Prosper Lausanne. Alors, ce gros cahier ne me disait pas grand'chose. Maintenant c'est pour moi une précieuse relique.

Bien des fois, j'ai feuilleté avec respect ces pages jaunies. L'écriture en est appliquée, un peu pénible. On y sent une main plus habituée à manier la charrue que la plume.

En ce temps-là, les livres étaient bien rares chez nous, et il fallait apprendre à nous défendre, à tirer parti de nos droits de sujets britanniques. Que pensait Prosper Lausanne quand, après sa dure journée, il se mettait à son travail de copiste, à la lumière d'une chandelle de suif, dans la paix pleine de vie du foyer ? De temps à autre, il devait s'arrêter pour se reposer un peu en fumant. À quoi songeait-il ? Comment lui apparaissait l'avenir ?

J'aurais voulu parler de tout cela avec mon père, et je lui proposai d'aller chercher le manuscrit pour le regarder avec lui. – « Demain matin, » me dit-il.

Mais ce matin… En l'apercevant, je fus déchirée de pitié. Ah ! j'avais trop espéré. Cependant la soirée d'hier m'a laissé une consolation. J'ai constaté que la fierté nationale n'est pas éteinte, que l'amour de la patrie vit encore en son cœur.

18 octobre.

Le feu a pris dans la cuisine par l'explosion d'une lampe. Ce commencement d'incendie a été vite arrêté, et, maintenant que l'ordre est rétabli, je me trouve heureuse. Malgré tout, j'aime ma vieille maison. Elle est basse comme les anciennes maisons canadiennes, mais tout en cèdre, sans une goutte de peinture. Je lui trouve du cachet. On y respire un parfum de la vie primitive saine et simple. Quel dommage qu'elle ne soit pas mieux située. Un bel horizon, c'est un bien sans prix. Pour la vue qu'on a de la citadelle de Québec, que ne donnerais-je pas ?

19 octobre.

Où sont aujourd'hui les maux d'hier ? Où seront demain les maux d'aujourd'hui ? Le jour d'hier qui le ramènera ? J'aime entendre le timbre profond de l'ancienne horloge. « Mes sœurs, disait sainte Thérèse à ses religieuses quand l'heure sonnait, réjouissez-vous, vous avez une heure de moins à passer sur la terre. »

21 octobre.

Une hirondelle s'est posée tantôt sur le bord de ma fenêtre. Elle s'est vite envolée bien haut, et pendant que je la regardais, une pensée de saint Augustin m'est revenue. C'est que nos peines, qui semblent nous appesantir, nous sont en réalité comme les ailes aux oiseaux. Ces ailes leur sont un poids, mais sans ce poids ils ne pourraient jamais s'élever. « Regardez les oiseaux du ciel, » a dit le divin Sauveur.

Nous devons bénir toutes nos souffrances puisqu'elles viennent de lui. Parfois, il me paraît qu'il y a dans les miennes de cruelles inutilités. Mais n'est-ce pas pour que je lui ressemble un peu que Notre Seigneur permet que je sois traitée ainsi ?

Quels étranges chrétiens nous sommes ! La plupart du temps est-ce que nos prières les plus ferventes ne pourraient pas se résumer comme suit : « Seigneur, délivrez-nous de la souffrance, délivrez-nous de la croix. Seigneur, éloignez la mort, accordez-nous une vie facile et douce. »

24 octobre.

La nuit dernière, j'ai rêvé que je voyais mon cercueil. Cela m'a laissée fort calme dans mon rêve ; mais à mon réveil j'en ai frémi toute. Et j'ai toujours devant les yeux ce cercueil – le mien ! – J'en ai froid jusque dans les moëlles. C'est comme si je n'avais jamais su qu'il faudra mourir.

Que les autres meurent, on y est fait. Mais soi-même ? D'ordinaire n'est-ce pas un peu comme si on ne le croyait point ?

25 octobre.

Ce jour qui sera le dernier pour moi sur la terre, quand viendra-t-il ? Je l'ignore profondément. Mais si éloigné qu'il puisse être, je sais qu'infailliblement ce jour viendra.

Oui, un jour, je regarderai la terre pour la dernière fois. Sera-t-elle couverte de neige, parée de verdure et de fleurs ? Aura-t-elle comme aujourd'hui la beauté finissante de l'automne ?

Languirai-je longtemps sur mon lit de malade entre les quatre murs d'une chambre ? Qui m'assistera ? Qui sera auprès de moi pendant mon agonie ? Peu importe, on meurt seul. Et on meurt par molécules : la vie persiste encore quand tous les signes de la vie ont cessé. La terre que j'habite, tout ce vaste univers aura disparu à mes yeux, aucune parole ne m'arrivera plus, je serai bien au-delà de toute atteinte humaine et mon âme sera encore retenue dans ses liens. Qui dira l'angoisse de cette solitude totale ?

Seigneur Jésus, Sauveur très compatissant, ne m'abandonnez pas dans ce délaissement redoutable. J'aurai prononcé pour la dernière fois votre nom, ma main glacée aura laissé échapper votre croix ; mais je proteste qu'alors je veux m'attacher à vous avec une confiance éperdue.

Chétive et égoïste créature que je suis, en approchant d'un mourant, tout mon être frémit de pitié. Je sens que pour lui venir en aide, rien ne me coûterait.

Ô Christ amour, divin Sauveur, qu'éprouvez-vous quand au passage terrible vos rachetés se jettent dans vos bras ? Dans ces instants suprêmes, que se passe-t-il entre vous et l'âme qui va entrer dans l'éternité ?…

29 octobre.

Comme la vie s'adoucierait si l'on restait toujours dans le vrai, si l'on voulait comprendre qu'on n'est pas sur la terre pour y demeurer, pour y être heureux.

Bien penser, bien juger, réfléchir, que c'est important, que c'est nécessaire. La conscience a besoin d'être cultivée, d'être fortifiée.

30 octobre.

Bonne et intime causerie avec Mme S… que j'ai rencontrée. Pendant qu'elle me tenait la main, son regard exprimait tant de compassion que j'ai failli fondre en larmes. Heureusement j'ai pu me contenir. Dans l'intérêt qu'elle me témoigne je sens une sincérité qui me va au cœur. Cette élégante mondaine n'est pas dans le convenu. Elle m'a dit : « Tout ce que j'ai désiré, je l'ai eu ; mais un désir réalisé qu'est-ce que c'est ?… Si vous saviez quel vide ça laisse… Si vous saviez comme c'est triste de constater que l'amour où l'on a tout mis s'attiédit… de savoir qu'on n'a plus qu'à le sentir mourir… »

La sachant si favorisée, si comblée, je ne puis m'empêcher de la trouver un peu bien exigeante. Mais si j'étais l'une des privilégiés de ce monde, serais-je plus raisonnable ? Saurais-je accepter l'ennui des plaisirs, l'insuffisance, le déclin de l'amour, l'humiliation des lassitudes et des feintes ? Pour ceux qu'on appelle les heureux, la tristesse de la vie ne vient-elle pas surtout du terne qui en fait le fond ?

Ce que nous désirons par-dessus tout, c'est l'intense sentiment de notre vie personnelle. Aussi les poètes, les romanciers ont beau accabler de tous les maux ceux qui s'aiment passionnément, on les envie, on les enviera toujours.

« Cœur humain, vieux temple d'idoles, » disait Bossuet.

1er novembre.

La Toussaint.

La plus douce, la plus personnelle des fêtes !

Je voudrais pouvoir parler à tous ceux qui souffrent. Je leur dirais : Ne l'oublions point, parmi ces saints innombrables que l'Église honore en ce jour, il y en a dont le sang coule dans nos veines… Il y en a – ô délicieuse pensée ! – que nous avons personnellement connus, personnellement aimés. Durant leur séjour ici-bas, peut-être ces bienheureux ont-ils ressenti pour nous une sympathie profonde. Peut-être ont-ils emporté la lumière et la joie de notre vie. Peut-être, par nos larmes, nos suffrages, avons-nous hâté leur entrée au ciel… Nous y ont-ils oubliés ? Ces torrents de volupté qui les inondent ont-ils altéré leur amour pour nous ? Le pouvons-nous croire ? Pouvons-nous douter de leur ineffable compassion, de leur incessante prière pour nous, malheureux, qui cheminons encore dans la vallée d'épreuves ? Et, en ce jour béni, en cette glorieuse fête qui sera un jour la nôtre – il faut l'espérer fermement – ne saurions-nous nous élever un peu au-dessus des misères de la terre ?

8 novembre.

Quand on réfléchit au néant du bonheur purement humain, on reste atterré. Mais avec toutes mes réflexions arriverai-je jamais à le mépriser toujours, à le mépriser vraiment ? Ce qui serait à ma portée n'a point d'attrait pour moi. Il me faudrait cette sympathie passionnée qui est la vie même. Que ne me faudrait-il pas ?

Comment me garantir de ces soudaines étreintes de la jeunesse qui me grisent, qui me font tout oublier et me laissent si troublée, si faible ?

10 novembre.

Soirée idéale. Des étoiles sans nombre et pas un nuage.

« Gloire à la beauté dans les cieux, » a dit Ruskin en mourant.

15 novembre.

Longue course sur la grève, je reviens allégée de moi-même par le vent dur et vif.

La voix des vagues, pour moi c'est le chant des sirènes. Si de la maison je pouvais l'entendre, cela m'enlèverait à bien des misérables ennuis.

22 novembre.

Quand j'ai un peu de loisir, je lis avec un vif intérêt : De l'avenir du peuple canadien-français, d'Edmond de Nevers.

Cet avenir est encore un grand problème. Je n'ose m'y plonger. Mais songer au passé m'est une douceur, me donne espoir.

Sur les premiers temps de la colonie, j'ai lu tout ce qui m'est tombé sous la main, et j'ai pensé souvent à la rude vie de nos ancêtres.

Les jeunes filles envoyées de France pour fonder un foyer – les filles du roi, comme on disait – avaient grand besoin d'être raisonnables.

L'adieu au pays devait leur coûter bien des larmes, et après les fatigues de la traversée – alors si longue – la vue des petits postes français perdus dans la forêt sans fin ne devait pas leur être un grand réconfort. Puis le mariage qui les attendait n'avait rien d'attrayant. Ah ! leurs exigences étaient modestes. D'après Marie de l'Incarnation, elles demandaient d'abord si l'épouseur qui se présentait avait une maison.

Cette maison – quand il y en avait une – était bien petite, bien fruste, bien peu sûre. Et, en y entrant, la nouvelle mariée ne devait pas avoir l'âme en fête.

L'inconnu, qu'elle avait pris pour maître, saurait-il lui adoucir les privations, le rude travail, les angoisses journalières ?

On leur apportait le baril de farine et le baril de lard donnés par le roi. Content d'avoir une compagne et un chez soi, le mari battait le briquet et allumait le feu.

La ménagère se mettait à sa besogne et les époux encore si étrangers l'un à l'autre prenaient leur premier repas ensemble.

La joyeuse flambée de l'âtre donnait du charme à l'humble logis. Aux alentours la forêt bruissait.

Lui racontait les misères, les ennuis de sa vie solitaire, les durs commencements dans la terre toute neuve et faisait des projets. Ils tâchaient de se plaire, de se deviner.

L'Église venait de les unir, de les bénir, et peut-être que la rude vie qui les attendait s'illuminait souvent d'un rayon d'allégresse.

Eux ne s'inquiétaient pas de ce qui leur manquait. Ils prenaient tout simplement la vie comme un jour de travail. Et ils s'emparaient du sol, ils le défrichaient, ils le civilisaient. Ils y faisaient de la vie, ils nous conquéraient une patrie.

30 novembre.

Ces derniers jours ont été affreusement pénibles. Je ne sais plus maîtriser mes dégoûts et, pour retrouver un peu de force, je songe beaucoup à ma pauvre mère, aux reproches qu'elle s'adressait, à tout ce qu'elle m'a dit sur son lit d'agonie.

Des morts, ce qu'on oublie le plus vite, paraît-il, c'est le son de la voix. Dix années se sont écoulées et j'entends encore ma mère mourante : « Mon épreuve s'achève. La mort est bien proche. Crois-moi, Faustine, rien n'est terrible en ce monde… Tout passe si vite… Les peines n'ont pas plus de réalité que les joies. N'abandonne point ton père. Quoi qu'il fasse, ne te permets jamais de le juger… Fais tout ton devoir, ma fille. Que n'ai-je mieux fait le mien envers lui ? J'ai été très malheureuse, mais cela m'excuse mal. Si j'avais été meilleure chrétienne, je l'aurais sauvé. Ce que je n'ai pas su faire, promets-moi que tu le feras… Il n'y a pas d'alcoolique incurable. Rien n'est impossible… Par la prière, tu peux émouvoir le Tout-Puissant. »

Pauvre mère ! Je tâchais de la rassurer, de la consoler, sans trop m'engager. Ce qu'elle me demandait me semblait si au-dessus de mes forces.

Et quand la mort l'eut prise, quand l'éternel silence fut entre nous, que je me jugeai faible, que je me jugeai lâche ! Mais j'hésitais, je n'osais.

Enfin, le matin des funérailles, avant qu'on la mit au cercueil, j'allai m'agenouiller à côté d'elle et, la regardant, serrant ses mains à jamais glacées, la priant de m'aider, je lui promis d'être une bonne fille pour mon père, je lui promis de ne jamais le quitter, et ce fut comme si une joie s'était répandue autour de moi.

En ce moment rien ne me semblait difficile. J'avais dix-sept ans et je me croyais morte à la vie présente. J'en ai bien rabattu. Mais ce souvenir m'a été une force.

Quand il m'a fallu accepter ma belle-mère et ses enfants, que de fois je me suis reportée à cette heure sacrée.

5 décembre.

Jusqu'ici qu'ai-je gagné ? Quand j'y songe le découragement m'envahit. Entre ce que je suis et ce que j'aurais besoin d'être il y a si loin.

Mon Dieu, prenez-moi en pitié. Quand le poids de l'avenir à supporter s'ajoutera aux souffrances du présent, aux amers souvenirs du passé, venez à mon aide. Faites que nous méritions tous de vous aimer.

9 décembre.

Que ces attendrissements sur moi-même sont misérables. Qui m'en délivrera ? Un peu plus, et je croirais que toutes mes fautes viennent de mes peines. Si j'étais heureuse il me semble que je serais si facilement bonne. Et pour supporter de belles et grandes infortunes, je crois bien que je trouverais du courage. Mais cette accumulation de chétives et avilissantes épreuves me laisse sans ressort.

20 décembre.

Je n'ouvre plus mon cahier, mais je pleure souvent de chagrin, de dégoût, de honte. Oh ! l'inutilité des efforts, l'impuissance de la volonté.

Comment supporter l'abjecte réalité ? Comment surmonter l'écœurement ? Et ces souvenirs qui restent en mon cœur comme des plaies…

Je me sens détrempée de tristesse, accablée, lasse parfois à croire que je ne pourrai plus faire un pas. J'ai l'âme pleine d'abominables pensées. Je n'ose sonder l'infâme misère de mon cœur, car je désire sa mort.

Puisque je ne puis le changer, pourquoi rester ici ? Ma pauvre mère avait-elle le droit d'exiger de moi l'héroïsme ? N'ai-je pas été bien téméraire en m'y engageant ? Suis-je pour jamais enchaînée, vraiment prisonnière dans ma promesse de ne jamais le quitter ?

Je ne le crois pas. Je voudrais m'en aller bien loin d'ici, et je n'ose partir. Une imploration silencieuse me poursuit partout.

Imagination ? Obsession morbide ? C'est probable. Ou plutôt, voix des vagues remords, de la conscience troublée.

27 décembre.

« Ne l'abandonne jamais, fais tout ton devoir, » disait ma pauvre maman. J'y ai tâché depuis dix ans, j'y tâche encore. Mais suis-je tenue de me sacrifier pour n'arriver à rien, qu'à la ruine de tout ce qu'il peut y avoir de bon en moi ?

Le but que je n'ai pas atteint, je sais que je ne l'atteindrai jamais. Mieux vaut donc en finir avec cette vie insupportable.

C'est une présomption de professer les grandes vertus. Ma mère qui le connaissait aurait bien dû ne pas tant me presser. Je suis lasse à en mourir des éloges qui me valent ce qu'on appelle mon dévouement, ma belle conduite. Je voudrais montrer la noirceur de mon âme. Me confesser me serait un immense soulagement. J'en ai grand besoin, mais il me faudrait un prêtre à qui je fusse parfaitement inconnue.

28 janvier.

C'est fait. Je me suis confessée comme je l'entendais. Le prêtre qui a reçu mes aveux ne me connaît pas, il ne me connaîtra jamais. J'ignore même son nom et je ne désire pas le savoir. Je veux qu'il reste pour moi un être surnaturel. Mais de ce qui m'a été dit de la part de Dieu, je voudrais bien ne rien oublier.

Il me semble que la douce Providence a tout conduit. Ma tante Henriette, sérieusement malade, voulait à tout prix m'avoir. On n'a pas osé la désobliger, et je suis venue à Montréal.

Hier, ma tante était beaucoup mieux, elle insistait pour que je sortisse, et, plus troublée que je ne saurais dire, le cœur malade, je me rendis à l'église des Franciscains.

Mais comme j'y entrais, une douceur se répandit en moi. Cela m'attendrit, me fit songer à ce que dit l'Évangile du bon Pasteur qui prend dans ses bras la brebis défaillante au lieu de la faire marcher devant lui.

Bonté de notre divin Sauveur ? Je n'eus pas de peine à me recueillir, à me préparer.

J'avais cru être seule dans l'église. Le bruit d'une porte qui s'ouvrait me fit tourner la tête. Un homme sortait d'un petit confessionnal tout au fond de la crypte. Surmontant mes craintes, j'allai prendre sa place et fermai la porte sur moi.

Mais je ne pus que faire le signe de la croix et restai là, muette, à genoux dans l'ombre.

« Je vous écoute, » dit le prêtre, après avoir attendu quelques instants.

Mais je ne trouvais pas la force de parler. Jamais encore je ne m'étais confiée à personne. La vraie souffrance a sa pudeur, on pourrait dire ses pauvres honteux. Découvrir les misères de mon affreuse vie de famille m'était odieux. Puis j'appréhendais les froids reproches, les banales consolations. Je me sentais incapable de les supporter, et, tout en trouvant mon silence absurde, je me taisais.

Avec bonté, le Père demanda :

— « Mon enfant, êtes-vous timide ?

— « Non, répondis-je.

— « Confessez-vous donc, poursuivit-il, et comme vous feriez à Jésus-Christ lui-même. Quoique vous ayez à dire, parlez sans crainte. Avec quelque chose de sa puissance, Notre Seigneur donne à ses prêtres quelque chose de son indulgence, de sa miséricorde. »

Il y avait dans sa voix une douceur, une justesse d'accent, qui me rassura, et je parlai. J'accusai mes aversions, mes ressentiments, mes mépris du prochain, les coupables tristesses, les révoltes contre la souffrance et enfin l'abominable désir de la mort de mon père.

Le religieux ne broncha pas. Je me demandai s'il avait entendu, et après un petit silence, j'allais répéter l'accusation quand il me dit avec une bonté profonde :

— « Pauvre enfant, comme ce souvenir vous sera cruel, quand vous le verrez mourir. »

Puis, très doucement, il m'interrogea sur la vérité de mon désir, sur sa réelle portée, sur sa cause, tâchant de démêler ce qu'il y avait eu de réfléchi, de pleinement voulu.

Je compris qu'il tenait grand compte du trouble de la tentation, de la souffrance aiguë, de l'exaspération de la sensibilité, et il parut heureux de me dire qu'il était loin de me juger aussi coupable que je croyais l'être.

Malgré mon horreur des confidences, je n'eus pas trop à me violenter pour l'éclairer sur mes difficultés. Je lui racontai la mort de ma mère, ses remords, ses craintes, ses implorations à la dernière heure, ma promesse solennelle de faire tout mon devoir, de ne jamais abandonner mon père.

Je lui dis comme j'avais tâché longtemps d'être patiente, dévouée, mais que depuis ses derniers excès et ses brutalités, je voulais le quitter.

— « Où iriez-vous ? » me demanda-t-il.

— « Chez l'une de mes tantes qui m'aime, qui serait heureuse de m'avoir. » J'ajoutai que je ne ferais pas d'éclat, que ma tante était très honorable, très honorée ; que chez elle j'aurais de grands moyens de me rendre utile, de faire beaucoup de bien ; qu'en continuant de vivre avec mon père je risquais d'en venir à le haïr, et lui demandai si ma promesse à ma mère morte me liait irrémédiablement.

— « Non », mon enfant, me répondit-il sans hésiter.

— « Et je ne ferai pas mal d'user de mon droit de m'en aller ? » lui dis-je.

— « Non, mais en quittant votre père, ferez-vous ce qu'il y a de mieux à faire ? Ferez-vous ce que Notre Seigneur attend de vous ? – Voilà le point inquiétant. Vous me semblez être à un pas décisif de votre vie. Pour vous éclairer sur la route à prendre, il me faut vous connaître, il me faut chercher ce que Dieu a mis en votre cœur. »

Puis il m'interrogea sur mes inclinations, sur l'action divine en mon âme, sur ma vie entière. Je répondis clairement, simplement, sans ambages. Et, chose qui m'étonne, pendant cet examen, je me sentis à peine frémir. Cette main sacerdotale, qui soulevait tous les voiles, était si experte, si délicate. D'ailleurs, ce fut vite fait, et après un instant de réflexion, il me dit :

– « Vous attachez une grande importance à tous les sentiments, à toutes les émotions de la nature et vous croyez que la vie que Dieu vous a faite vous est mauvaise, pernicieuse. Vous vous trompez. Je vous affirme que la souffrance a été pour votre âme une immense bénédiction. Si vous pouviez le voir comme je le vois, vous n'auriez pas de paroles assez ardentes pour dire votre reconnaissance. Jésus-Christ n'exige rien que pour notre avantage. S'il nous impose la souffrance, c'est qu'elle est la source des biens infinis, c'est qu'elle fait notre ressemblance avec Lui. Et, ne l'oubliez point, plus nos croix nous humilient, plus elles sont d'un bois vil, abject, plus elles nous unissent étroitement à Lui, notre chef. Un père alcoolique, une fâcheuse belle-mère, une vie troublée, rapetissée, asservie, c'est dur à supporter. Et, quand il ne tient qu'à vous d'avoir ailleurs une vie très facile, très agréable, vous demander de ne pas déserter la maison paternelle, c'est bien vous demander l'héroïsme. Vous pouvez vous y dérober, mais je crois que Notre Seigneur l'attend de vous. »

– « C'est au-dessus de mes forces », m'écriai-je, et je fondis en larmes.

Il me laissa pleurer, calma mon agitation par de douces paroles. Quand je parvins à me maîtriser, il reprit :

– « Je vous plains, mais dans la décision à prendre, ce qu'il faut voir avant tout, ce qui importe vraiment, c'est le bien éternel de votre âme. »

Je lui dis, me remettant à pleurer : « Il importe bien aussi d'avoir la paix. Ayez pitié de ma faiblesse. Mon endurance est épuisée. J'en ai assez, j'en ai assez. Il y a trop longtemps que je me sacrifie. »

– « Mon enfant, reprit-il avec autorité, vous n'avez pas reçu le baptême pour mener une douce vie naturelle. Parfois, c'est en demandant les plus amers sacrifices que le confesseur prouve la tendresse de sa charité. Non, je ne puis approuver que vous rejetiez la croix que Notre Seigneur vous a choisie, vous a imposée, à laquelle votre sanctification est attachée. Au confesseur, Dieu donne des grâces de lumière. Le renoncement est votre chemin. En vous en détournant, j'entraverais en vous l'œuvre divine, je manquerais à Celui qui a été crucifié pour nous et qui nous jugera tous deux. C'est sa volonté qu'il y ait des martyrs dans la vie domestique. Je vous dis donc : N'abandonnez jamais votre père ! Si faible, si coupable qu'il soit, ne voyez en lui que le plus à plaindre des malheureux. Je vous en conjure, ne quittez pas la voie droite et royale de la croix. Qui sait où vous aboutiriez ? Qui peut dire ce que le bonheur humain ferait de vous ? Nul ne sait ce qui nous convient comme Celui qui nous a faits. La seule chose importante ici-bas, c'est d'accomplir sa tâche. Oui, votre mère mourante avait raison. Il n'y a rien de terrible en ce monde. Tout passe si vite. Qu'est-ce que le rêve de cette misérable vie ? À quoi sert de vouloir s'établir sur la terre comme si on n'en devait jamais sortir ? »

Il me demanda ce que j'allais faire.

Je n'avais pas la force d'une parole. L'angoisse me serrait la gorge. Tous mes dégoûts, toutes mes répulsions me remontaient au cœur. Mais soudain un apaisement se fit en moi. La douce impression ressentie en entrant dans l'église me revint et je répondis sans trop d'efforts :

– « Avant de me confesser, mon Père, j'ai promis à Notre Seigneur de prendre ce que vous me diriez comme l'expression de sa volonté. »

– « Sa volonté ! répéta-t-il avec adoration. Tout est là, mon enfant, et quoi qu'il nous en semble, sa volonté est pour chaque âme la beauté idéale. Courage ! De vos dégoûts, de vos tristesses, de ces amères humiliations, de ces vulgaires souffrances contre lesquelles votre fierté se révolte, il faut faire un poème divin qui ravisse Notre Seigneur. Chrétienne, aujourd'hui vous acceptez la croix en pleurant ; viendra un jour où vous l'aimerez et, à l'aimer, vous aurez une joie infinie. »

L'absolution me remplit d'une paix très douce. « Savez-vous, me demanda le religieux pendant que j'essuyais mes larmes, ce que l'Église fait dire au prêtre après les paroles du pardon ? » Et, visiblement attendri, il répéta en français ce qu'il venait de dire : « Par la passion de Notre Seigneur Jésus-Christ, par les mérites de la vierge Marie, par les mérites de tous les Saints, que tout ce que tu souffriras, que tout le bien que tu désireras faire, serve à expier tes péchés et à t'obtenir le bonheur éternel. »

Tout ce que tu souffriras, tout le bien que tu désireras faire… Ô maternelle tendresse de l'Église ! ô grâce d'être catholique !

4 février.

La joie surnaturelle est la meilleure des joies, la joie inexprimable. C'est comme si on avait arraché le passé de mon âme ulcérée pour mettre à la place une vie nouvelle, inconnue, et si profonde, si paisible, si douce ! Il me semble qu'une source d'amour – longtemps comprimée – s'est ouverte en mon cœur et s'épanche sur tous.

20 février.

Mon père me rappelle. Sa lettre très longue, pleine de supplications et de promesses, m'a fait un étrange effet. Toutes les tristesses du passé, tous les odieux souvenirs ont reflué dans mon cœur pendant que je la lisais.

Plus rien de la divine paix ! Mais le trouble, l'emportement des lâches regrets. Chose honteuse, je pleure ma généreuse résolution. J'ai cru pouvoir et déjà je ne peux plus. Ah oui, je sens ma faiblesse ! Mais est-ce donc sur moi que je dois compter ?

Mon Dieu, rendez-moi un peu de la paix qui se répandit dans mon cœur quand je promis de faire votre volonté. Voluntas tua, voluptas mea. Ce mot d'un saint je veux le faire mien.

26 février.

Jour inoubliable. Chez une humble et fruste jeune fille, j'ai vu la splendeur de la beauté chrétienne, j'ai vu la parfaite, l'amoureuse acceptation de la souffrance et de la croix.

Ma tante avait appris le funeste accident. Ce matin, elle m'envoya à l'Hôtel-Dieu prendre des nouvelles de la blessée qu'elle connaît bien, qu'elle emploie souvent. Quand j'arrivai on allait lui amputer le bras droit, et le docteur B… qui m'accompagnait, me conduisit à la salle d'opération.

La pauvre enfant, pâle comme une morte, était couchée sur la table. Elle m'aperçut et me fit signe d'approcher. Je ne pouvais retenir mes larmes. Elle était calme et me dit très bas : – « Voulez-vous prendre ma pauvre main et me faire faire une dernière fois le signe de la croix. »

Je pris sa main broyée, informe, je traçai sur elle le signe sacré et son visage livide s'éclaira d'une joie divine.

Le médecin qui s'apprêtait à lui appliquer le chloroforme s'arrêta, étonné, ému et la regarda longuement.

Cette expression si belle, je l'ai toujours devant les yeux et, malgré moi, mes larmes coulent un peu. Ô force intérieure et magnifique de la simple foi !

2 mars.

J'ai écrit à mon père, je lui dis : « Éternellement, je serai votre fille. » Mon âme, c'est cela : le plaindre, le supporter ne suffirait pas ; il faut l'aimer, non pour moi, non pour lui, mais pour Dieu.

Si je sais m'oublier, m'immoler, l'heure de la grâce irrésistible viendra, et j'en ai l'intime, l'absolue confiance, je le sauverai.

« Quelle illusion, » dit ma tante, qui veut à tout prix me retenir. Elle m'assure que l'avenir me réserve de grandes compensations... Et quand cela serait ? Tout est vain, sauf le devoir.

Ma tante a maintenant l'âge qu'avait ma mère quand je l'ai perdue. La ressemblance, assez vague autrefois, s'est accentuée. Cette longue intimité a fortifié son affection. La sollicitude dont elle m'entoure m'est bien douce. Je souffre de l'attrister. Je souffre de quitter cette maison, où tout me plaît, où j'aimerais tant vivre, où les jours coulent si doux, si légers.

Mais je n'oublie pas la parole du Maître : Si quelqu'un veut me suivre, qu'il se renonce à lui-même, qu'il prenne sa croix et qu'il marche.

C'est la parole éternelle. L'aurais-je trouvée dure, si je l'avais reçue de Jésus-Christ lui-même ?... Si j'avais entendu sa voix divine, si j'avais vu dans ses yeux l'appel tendre, suppliant, m'en coûterait-il de le suivre ?... Il me semble que non. Mais c'est dans l'obscurité de la foi que je dois peiner. La vie qui m'attend m'apparaît dans sa réalité brutale et j'en ai dégoût, j'en ai frayeur.

Jusqu'où ira le sacrifice ? Je ne dois pas y songer. Il faut m'oublier et aujourd'hui je ferme mon cahier pour toujours. L'incompréhensible sérieux de la vie humaine s'accommode mal de cette perte de temps. Tout vaut mieux que de s'attendrir sur soi-même.

Seigneur Jésus, Dieu de mon amour, je m'abandonne à toutes vos volontés. Délivrez-moi de la crainte de souffrir. Arrachez-moi aux pauvres et vains désirs du bonheur de la terre, à tous les riens de cette vie qui sera si vite passée. Donnez-moi l'intelligence du mystère de la croix. C'est avec confiance que je vais à ma tâche. La souffrance est une semence que vous bénissez.

Seigneur, vous qui nous êtes plus intime que l'âme ne l'est au corps, ayez pitié de toutes mes faiblesses. Dans les misères quotidiennes, que je sente que votre regard me suit. Aux heures cruelles, quand je tendrai les bras vers vous pour être consolée, protégée, ne me repoussez pas.

Je suis un être de misère, mais à vous, Sauveur, maître adoré, je voudrais donner tout l'amour qui se perd le long du chemin.